그리움의 무게만큼
지구가 가벼워졌다

그리움의
무게만큼
지 구 가
가벼워졌다

김무균 시집

맥스 media

시집을 내면서

—

……시가 쓰인 원고지와 노트는 누렇게 바랬고, 오랫동안 봉투에 담겨 책꽂이 한편에 방치되어 있었다. 여러 번 쓰레기통으로 들어갈 운명을 맞기도 했지만 요행으로 버려지지 않고 컴퓨터에 저장됐다. 몇 번을 망설인 끝에 글들을 모아 책을 내기로 했다. 부끄럽고 창피했지만 그러면 또 어떠냐 싶었다. 그러면서도 원고를 출판사에 전달하는 일부터 진행 모두를 아내에게 맡기고 신경 쓰지 않았다. 가슴 밑바닥에서 스멀거리는 부끄러움을 스스로 대면할 자신이 없었다.

오랜만에 남한산성의 남문을 올랐다. 산마루턱을 지날 때마다 바람이 매서웠으나 바람 속에서 얕은 온기가 묻어났다. 그 온기는 피부의 모든 모공을 열어 눈을 감고 집중해야 느낄 수 있는 아주 미약한 온기였으나 난 그것을 느낄 수 있었다. 이제 얼마 지나지 않아 봄이 올 것이다. 그리하여 저 우뚝한 남문과 저 긴

성벽들도 이내 따사로운 햇살을 받아 온기를 품을 것이다. 그랬다. 어느새 거친 겨울의 터널을 뚫고 산성에 봄이 오고 있었다.

남루한 글들을 엮어 시집으로 내는 기회를 주신 맥스미디어 신난향 대표님과 박영배 위원님, 기획과 편집을 맡아 고생하신 출판사 분들께 이 글을 통해 고마운 마음을 전한다.

2018년 봄 남한산성 아래서

김 무 균

차례

—

2_無慾 무욕

3_日常 일상

1

愛哀
애애

사랑은 슬펐다.

슬퍼서 그리웠다.

그리워서 더욱 잊지 못했다.

잊지 못해 병이 됐다.

무창포 이야기

서른 해 함께 산
아내를 태우고
한 달에 두 번
바다가 열리는
서해바다,
무창포에 갔습니다.

구불구불 해송숲을 지나
천리에 깔린 백사를 밟고
이내 선혈 같은
동백도 볼거마고

동해안 돌아
남해를 지나
서른 해 하지 못한 사랑

늘그막에 해보겠다고
병든 아내를 태우고
서해, 땅 끝

무창포에 갔습니다.

서른 해 묵혔던 사랑
석대도 물길 열어
자갈길 밟으며
해삼으로, 낙지로
소라로
양동이째 그득
서해에 담아
한꺼번에 주마고,
그믐밤처럼 야윈
아내를 태우고
무창포에 갔습니다.

이승에서
평생에 하지 못한
사랑,
바닷길 열어, 저승길
끝내 무창포에 아내를 묻으니

낙조로 바다가 온통
붉습니다.

_________ 30년을 함께 산 아내가 말기의 암으로 죽어가고 있는 한 남자가 있었다. 말기가 되도록 그는 아내의 병을 몰랐다. 언제나 건강하게 옆에서 그를 지켜보는 아내만을 30년 동안 보아온 그였다. 그가 아내의 병을 알았을 때는 이미 모든 것이 늦어 있었다. 그는 정년을 1년 남겨둔 고등학교 선생님이었다. 그들에겐 자식도 없었다. 단둘이 30년을 살아오면서 다투어본 적도 한 번 없었다. 그는 뒤늦게 아내의 병마 사실을 알고는, 30년 동안 근무하며 이제 1년만 있으면 정년퇴임하는 학교에 사표를 냈다. 그리고 작은 승합차를 한 대 사서 내부를 방처럼 꾸몄다. 물론 그에게는 모아놓은 돈도 그리 많지 않아 30년 직장생활의 결실인 연금을 담보로 차를 샀다. 그는 승합차에 병든 아내를 태우고, 전국을 일주하기 시작했다. 서울을 출발해 동해를 돌고, 또 남해를 지나 서해까지 왔다. 30년 동안 하지 못한 사랑이었다. 아내는 평소 자동차를 타고 해안선을 따라 전국을 일주하고 싶어했다. 겨울에 떠난 그 여행이 끝난 것은 봄의 기척이 막 문턱에 와 있을 때였다. 바로 서해바다 무창포에서였다. 아니 이미 여행은 오래전에 끝나 있었는지도 모른다. 아내의 반듯이 누운 몸은 이미 오래전부터 움직이지 않았다.

칠석(七夕)에 내리는 비

저는 저대로
나는 나대로 갔습니다.

영주를 돌아
묵호, 옥계를 지나
중앙선의 끄트머리 강릉에 못 미처
정동진,
천상에 무너진 오작교
마지막 그리움이라 하고 갔습니다.

해안선을 따라
한가로운 철길
정동진에는
바다와 가까운 세 칸짜리
조그만 역사가 있고
기억을 묻어둘 두어 개 벤치가 있고
해풍으로 기운 키낢짓 소나무 한 그루 있고
방파제가 있고
늘 그리운 동해

천년을 부서진 모래가 있었습니다.

그곳 정동진에서
저는 저대로 앉고
나는 나대로 서서
아직도 먼 새벽 뚝 뚝 듣는 어둠에
가슴을 감싸고
모래만 툭툭 차다
눈물을 받듯 애가 타서

난 나대로 전 또 저대로
서럽게 울었습니다.

________ 사람들은 집을 떠나 어디론가 가고 싶어한다. 서울서 13시간이 걸린다는 동해안은 그래서 사람의 바다다. 장소를 벗어난 변화 혹은 탈출은 고생 속에서도 기억으로 남는다. 구태여 사람들이 집을 떠나는 이유다. 오래전 청량리발 중앙선 야간열차를 타고, 영주를 돌아 동해, 묵호, 옥계를 지나 강릉을 간 적이 있다. 겨울이었고, 허무했고, 절망했던 순간이었다. 그때 지나치며 정동진을 본 적이 있다. 그때만 해도 모래시계도 없었고, 기억을 묻어둘 한 구석도 없었던 그곳. 이제 그곳에는 여관이 들어서고, 민박이 늘고, 사람들이 모여들어 추억을 만들 사진을 찍고, 혜린의 소나무를 보고, 바다를 보고, 새벽보다 먼저 일어나 일출을 본다.

해바라기

가지 못했다지요. 그래서라지요. 그리다 그리다 고개만 내미는 건 돌아갈 수 없어서라지요.

백 리면 올 길
사백 리를 돌아왔습니다.
천지에 바다만 가득한
성산,
붉디붉은 해
일출로 볼거마고 왔습니다.

성산에 오니
백사장 좋은 우도가
소처럼 누워 있고
풀 먹인 백양목같이
희디흰 햇볕이 있고
비늘처럼 퍼덕이는
바다가 있고
가슴을 풀어헤친
비릿한 바람이 있습니다.

그만 성산에 취해
바다를 마시다
잠깐 돌아누웠는데
일출은 고사하고
중천에 뜬 태양,
민박집 아주머니는
물질을 갔는지 보이지 않고
텃밭 한 귀퉁이 해바라기
바다만 바라봅니다.

노란 그리움이
오래전 당신 같습니다.

_________ 가을꽃 하면 국화와 코스모스를 떠올리기 쉽지만 가을은 노란 해바라기가 하염없이 바라보는 태양으로부터 시작된다. 가지 못하는 천상에 대한 그리움. 슬픈 해바라기를 볼 때면 고흐가 생각난다. 고흐가 귀를 자른 것도 이 그리움 때문일까. 야산 언덕배기의 패랭이, 장독대 옆의 맨드라미, 과수댁 수절을 벗한 과꽃, 심산유곡 도라지, 봉평 장터 가는 길의 메밀꽃…. 가을이면 우리의 산천을 수놓는 꽃들이 그리움으로 다가온다. 고향 가는 길처럼.

몰두(沒頭)

그녀는
책에 몰두해 있고
나는
그녀에 몰두해 있습니다.
벌써
몇 번째인가
정거장을 지나쳤지만
차마 그녀
깨우지 못해
종착역까지
가고 맙니다.

_________ 부산 서남쪽 바다에 가덕도라는 섬이 있다. 이곳 어부들은 송어를 잡아 큰 수확을 올리는데, 그 송어잡이 모습이 이채롭다. 송어가 드나드는 물목에 대여섯 척의 작은 어선이 원을 그려 빙 둘러싸고 그 중간에 그물을 드리운다. 동력 소리에 송어가 오지 않을까 발동선을 끈 지는 이미 오래다. 기다림, 무념과 무상, 일렁이는 작은 배의 흔들림은 어부들의 숨소리와 하나가 된다. 그들이 기다리고 있는 것은 단 하나, 어로장(漁

撈長)의 "그물을 당기라"는 그 한마디다. 그 기다림의 시간 동안 그들은 생각을 잊은 듯 바다만 바라볼 뿐이다.

어로장은 바다가 훤히 내다뵈는 산 중턱의 겨우 걸터앉을 수 있는 '관측소'에서 송어 떼의 이동을 한순간도 놓치지 않으려는 듯 바다만 지켜보고 있다. 어로장은 아무나 할 수 있는 일이 아니다. 바다와 송어 떼의 움직임에 대해 누구보다 잘 알고 있는 오랜 경력을 가지고 있어야 한다.

배와 관측소는 긴 두 개의 줄로 연결되어 있다. 이 긴 줄을 이용해 음식도 나르고, 신호도 보낸다. 어로장은 식사를 하면서도 눈은 바다에 있다. 한순간이라도 놓치면 오랜 기다림이 물거품이 되고 말기 때문이다. 그 단순한 기다림의 시간은 때로는 반나절만에 끝나기도 하지만 종일을 가기도 한다. 어쩌면 기다림만으로 끝나기도 한다. 난 그 기다림의 시간을 몰두(沒頭)라고 부르고 싶다.

어로장의 시선이 갑자기 분주해지고, 행동이 급해진다. 바닷물이 갑자기 짙푸르게 변하고 있고, 어로장의 손에는 어느덧 메가폰이 들려져 있다. 가장 중요한 것은 타이밍, 어로장은 그 순간을 놓치지 않으려는 것이다. 숙련된 어로장일수록 정확하게 타이밍을 맞춘다. 그래서 어부들은 어로장을 믿고 따른다. 어선과 연결된 긴 줄이 흔들리자 어로장의 목소리가 다급하다. "그물, 그물을 들어 올려라." 조용해 권태롭기만 한 바다 가장자리로 어로장의 목소리가 울려 퍼진다.

그리움도 세월처럼 나이를 먹는다

그리움도 세월처럼
나이를 먹는다는 걸
오래 닦지 않아 희뿌연
거울을 보면서 알았습니다.

그 속에서 투명하게 빛나는
칼에 베인듯한 선연한 기억
이마에 진 주름이
더욱 견고해진 그리움의
잔해라는 걸

세월의 무게가 아니라
묻어두려 애쓴 상처의 깊이라는 걸
닦아도 닦아도
말개지지 않는
거울을 보면서 알았습니다.
눈을 뜰 수가 없는 건
세월만큼 나이를 먹은 그리움,
그리워 아파할 당신 때문입니다.

이별後

모든 그리움은 뒷산에 있고
잊지 못할 이별은 먼 산에 있다.

그대 떠난 날
가슴속 실핏줄 훤히 드러나고
세상 온통 시린 눈물처럼 아려

아스라한 그대 먼 산
뒷산으로 옮겼다.

_________ 가장 큰 이별은 죽음이고, 그 다음 이별은 연인들의 헤어짐이다. 이별은 다시 만날 것을 약속하지 않아도 좋다지만, 또 언젠가는 다시 만날 수도 있다지만, 이별은 역시 가슴 아픈 일이다. 그 아픔과 그리움을 이겨내야 다시 사랑할 수 있다.

이별에 대하여

매일 매일
모눈종이 한 모만큼
심장을 떼어
이별한 사람
가슴에다 보냅니다.

이별한 사람
아파서 괴로워해야
내 그리움 조금은
덜어질 것 같아
천 날을 잘게 잘라
담아둡니다.

마지막 남은 조각
마저 보내면
그때야 내 아픔은
사라질 게고
천 날을 옮기어진
그 괴로움이

이별한 사람 가슴에
모질게 살아

내 생각 다시 한 번
할 것만 같아.

길, 혹은 기다림

아, 길은 천 갈래
그대 어느 길로 가신지 몰라

섬돌 위 신발에 저리 고운 먼지
한 치가 쌓이도록
그대 찾아가지 못합니다.

제풀에 자지러져 숨이라도 놓으면
그대 그때서야 오실까요.

__________ 조선 초기 신분을 벗어난 아름다운 사랑 하나를 만났다. "그대 몸져누웠다는 소식에 7일을 밤낮으로 걸어 그대 계신 곳 도착했건만 양계의 금(조선시대 함경도 평안도 사람들의 도성 출입을 금하는 제도)에 그대 못 뵈오고 묏버들 꺾어 보내옵니다. 밤새 새잎 나면 나인 듯 보소서." 기다림도 지극하면 득도(得道)하는가. 기생 홍랑이 함경도 북평사로 부임해 함께 사랑을 나누었던 최경창을 다시 만났는지는 기록이 없어 알지 못한다. 차라리 그 이후를 알 수 없어 그들의 사랑이 후세에 아름답게 전승됨을 기뻐할 뿐이다. 옛날 스님 유정은 눈길을 함부로 밟지 말라고 했다. 그 발자국을 보고 뒷사람이 따를까 두려워서라고 했다. 아무도 밟지 않은 눈길을 처음 밟는 기쁨에 취해 아무나 그것을 취하고, 그 어지러움이 극에 달해 길이 사라져버린 오늘, 이제 반대쪽에서 누군가 올 때까지 기다릴 수밖에 없다. 지극한 한 길만 남겨두고 모든 길을 끊어버려야겠다.

철쭉

지리산 세석평전에
철쭉이
당신의 향기만큼이나
지천으로 피었습니다.

군데군데 바위가 있고, 관목이 자라고
키 큰 잡초들이 핏줄처럼 살아
동양화 한 폭을
고스란히 옮겨놓은 것 같습니다.

그 속에 가만히 앉아
당신의 향기를 느낍니다.
철쭉의 향기로 당신을 안습니다.

세석평전 십 리에 가득한 당신
손쉬운 이별이 서러운 것을
기억의 마디마다 붉은 꽃이 피는 것을
그리움이 자라 안개가 되는 것을
당신은 모르십니다.

남자의 사랑도 천년을 간다

남자의 사랑도 천년을 간다.
우습게 보지 마라.

밤이면 찾아오는 쓸쓸한 열망은
네 속옷 벗는 모습이 그립다거나
지난여름 치열한
사랑을 못 잊어서가 아니다.
한 숨결로 같이한 믿음,
눈으로 보지 못하면 가슴이 저며
세월보다 깊게 팬 상처 때문이다.

나도 한때는 사랑을 했었다고
함부로 말하지 마라.

그 한때의 사랑이
내게는 천년을 이야기해도 모자랄
그리움이다.

새벽이 오기 전에

새벽이 오기 전에
오라!

태양이 뜨면
오랜 사랑도
얼음처럼 녹아
물로
수증기로
세상에 흩어져
기억으로만 남으니

눈에 보여야만
찾지 않는
아기의
단순한 사랑

그렇게 오라!
새벽이
오기 전에.

단장(斷腸)

녹슨 철조망만큼이나
8월은 오래된 기억이었다.

아버지의 아버지
어머니의 어머니
가련한 선조의 유골이
흔적도 없이 묻혀버리고
잊혀진 땅에선
이름 모를 들꽃이 피었다.

그리고 바람이 불어
아무도 기억하지 않는 밤에는
제멋대로 설운 달빛이
그리움으로 나이가 들어
귀화(鬼火)처럼 흔들렸다.

고등어

팔월 초파일
엄마 생일

고등어 한 손
사왔다.

자전거 대롱대롱
노끈 묶어

자반 좋아하는 엄마 드시라
보란듯이 사왔다.

살코기는 발라두고
머리가 맛있다는 엄마
머리만 씹는 건

사랑을 씹는 거다.

친구 결혼식

윤달엔 부정이 든다 하여
윤팔월 오기 전 날짜를 잡았다며
녀석은 그저 덤덤히 웃고
접시꽃 함박 부끄러운 신부는
이 순간 하 그리도 기다린듯
겨운 행복에 이리도 보고,
저리도 보고
아 지리한 시간 이내 갔으면
오늘이 지나면 백년이나 살 텐데도
아 지리한 시간 이내 갔으면.

천년愛

눈을 뜨면 그대
볼 수 없어
눈을 감습니다.

눈을 감으면 그대
내 눈 앞에 있는데
눈을 뜨면 그대
사라지고 마니
나,
종일 눈을 감고 삽니다.

이렇게 눈 감고
천 년을 살다
그대 곁에 가면
그때 그제서야
눈을 뜨고 그대
다시 볼 수 있겠지요.

그때 그대 말해주세요.

그대도 나처럼
눈을 감고 천 년을
살아왔다고.

눈을 뜨고 나를
보고 싶어서.

덕수궁 돌담길

월산대군의 옛집
덕수궁
돌담길을 걸으면
타인이 된다고
누군가
만든 말이겠지만
한번 시험해볼 요량으로
가을볕이 따가운
주말 오후
오른손 주머니 넣고
조심조심 걸었다.
과연
명불허전(名不虛傳)
서른 넘은 나이가
부끄러워
운명이었다고
둘러댔다.

너는 지금 어디에서 무엇을 하느냐

가끔 너를 생각한다.
이제 나이가 들어 모든 것이 시들해지고
사랑마저도 처리해야 할 일,
그 뒤가 앞의 욕망보다 귀찮아져
하지 않는다.
앞과 뒤를 재고, 왼쪽과 오른쪽을 살핀다.
설레임도 없고, 떨림도 없다.
성공에 대한 기쁨보다
실패에 대한 두려움에 몸을 사린다.
옛날 추억을 끄집어내어 밥알처럼 씹던 밤,
한 잔 술에 취해
감추어두었던 기억마저
이젠 낯이 두꺼워져
부끄럽지 않다.
봉인되어 있던 비밀의 공간,
그곳에서 새어 나온 그리움이
팝콘처럼 튀겨져
나를 어지럽힌다.
그럴 때마다 늘 미안하다.

미안하다. 미안하다.
목숨을 걸었던 너에게 미안하다.
두려움 없이 치열했던 너와 나,
오래된 일기장에 한 자 한 자 눌러 쓴 기억이
창피하고 무서워 얼른 덮는다.
영문도 모르고, 영문도 모른 채
소환되어 나온 너,
너는 지금 어디에서 무엇을 하느냐.

__________ 오래된 친구들을 만나 중년의 사랑을 이야기하다 '이 세상 모든 사랑은 무죄'라는 문정희 시인의 시구가 떠올랐다. 숙취로 각성되지 않은 아침. 시인의 시를 찾아 읽었다. 좋았다. 아, 마음이 설레고 쿵쿵거렸다.

2

無慾
무욕

덧없는 사랑에 마음의

인연을 끊었다.

버리고 비워 채우지 않았으나

무욕도 집착이었다.

신년운세

오랜만에 눈 같은 눈
오셨다.
세상이 백설기처럼
탐스러워졌다.
흰 뱀이
실눈을 뜨고
웃으며
1년 운세를 묻길래
따라 웃었다.

__________ 책들은 대부분 80년대 책이다. 90년대 책은 시집이고, 소설책이며, 다소는 전문서적이다. 조금은 지적사치였고, 조금은 열망이었으며, 또 조금은 분노였고, 또 조금은 불가피였다. 30만 원을 주고 책장 두 개를 샀다. 그동안 책들은 너무 오랫동안 사과가 되었고, 라면이 되었고, 과자가 되어 있었다. 미안했다. 분홍색 노끈으로 묶여져 있던 사과와 라면과 과자박스를 열자 80년대가 바랜 먼지를 털며 나왔다. 90년대는 오랜 잠에서 깨어난 듯 눈을 비비며 나왔다. 나무 썩는 냄새 같기도 하고 나프탈렌 냄새 같기도 하고 혹은 각혈(咯血) 냄새 같기도 한 음습한 냄새가 두 칸 책장, 두 평 서재, 스무 평 집을 꽉 채우더니 어느새 바람처럼 대기권을 맴돌았다.

어디선가 커피물 끓이는 소리가 들렸다. 프림도 설탕도 없는 아주 진한 커피이길 바랐다. 그 속에서 혹시 80년대를, 그 절박한 사랑을 만날 수 있을지도 모른다고 생각했다. 조심스럽게 그들을 깨끗이 세탁한 물걸레로 닦으며, 하나하나 제자리를 찾아주었다. 커피는 오지 않고 있었다. 그것은 80년대, 혹은 90년대가 주는 환청이었는지 모른다고 생각했다. 제자리를 찾지 못하고 있는 것은 어쩌면 나였고, 2000년대였고, 우리였다. 한 번도 그 부끄러움에서 자유롭지 못했다. 직접 보지는 못했지만 상서로운 흰 뱀은 정말 희지 않고 투명해 뼛속까지 보인다고 한다. 새해에는 한 치 부끄럼도 없는, 선악과가 무엇인지도 모를 흰 뱀을 만나러 가야겠다.

길조(吉兆)

청아한 까치소리
새벽잠 깬 방문 열다
허 – 고놈 고연 놈
그래도 무슨 좋은 소식 있을까
손가락도 짚어보고
허 – 고연 놈
이 산방(山房)에 누가 올꼬.

잔설 쪼던 황금부리
멀뚱히 하늘을 보다
청솔가지 휘어진 눈 – 빛에
마음이 허(虛)한지
까악 까악 두 번 울곤
동면 그친 아침 햇살에
길조를 묻는 무심.

이화원 동백

가평 이화원
동백 한 송이
두목* 은 '山行' 에서
'霜葉紅於二月花'
오롯한 이화원 겨울
동백 붉기가
상엽보다 더하니
봄꽃이 시샘 낼만하네.

* 두목(杜牧): 803~852. 당나라 시인

입춘

늙은 개 한 마리
조을린 눈으로
널름 널름
때 이른 봄볕을 받아먹고 있다.

__________ 광화문으로 가는 청계고가에서 문득 남산을 쳐다보았는데, 우뚝 선 빌딩 실루엣 사이로 동그란 홍옥 같은 태양이 장엄한 일몰을 하고 있었다. 장작 숯불보다 아름다웠고, 그날 입춘이 찾아왔다.

봄 꿈

버들개지
삼동(三冬)을 기다렸다
버들피리 된다.
물오른
아이들 입에서
봄풀내가 났다.

__________ 개울이 휘도는 언덕배기에 얼음이 녹기 시작하면 거기엔 늘 메마른 수피(樹皮)로 삼동을 난 버들개지가 새움을 틔우고 있었다. 아이들은 물오른 버들개지의 껍질을 능숙한 솜씨로 벗겨 버들피리를 만들어 불었다. 옹색한 시골방을 벗어난 아이들의 모험은 그렇게 시작되었다.

봄

봄에는
쿵쿵거리지 말고
뒤꿈치를 들어
살금살금
조용히
걸어라.

지금
봄이

꽃과 나무와
바람과 햇볕과
아지랑이와
여름과 가을
그리고 겨울

계절의 모든
아이를 배고 있다.

개나리

지금 막 알을 깨고 나온 새끼 병아리 같다.

아지랑이

말간 유리창 너머
그리움의 무게만큼
지구가 가벼워졌다.

__________ 경칩 지난 햇살 한 자락, 마루턱에 내려앉았다. 온몸이 나른한 오후, 지천에 노란 꽃다지. 지구의 호흡이 한 템포 빨라졌다. 3월엔 그리움도 기다림도 습관이 된다.

목련

목련이 졌다.

세상 하나가 닫혔다.

__________ 4월이 되면 뜨락에서, 교정에서, 희디흰 목련이 핀다. 그 순수한 아름다움이라니…. 아! 그 투명한 그리움이라니…. 그리하여 죽도록 계절을 앓고, 삐라처럼 목련이 져서야 그치는 몹쓸 병. 아! 그러나 병이 그치면 기억마저 박제되는 것을, 그 어디에도 그대 존재하지 않는 것을, 서른이 훨씬 넘은 나이에 알았다.

천년대계

용비어천가(龍飛御天歌)에
이런 글이 있다.
불휘 기픈 남ᄀᆞᆫ ᄇᆞᄅᆞ매 아니 뮐씨
곶됴코 여름 하ᄂᆞ니

조선 4대왕 세종은
나라의 천년대계를
이로써 세우고자 했다.

__________ 4월이면 벌목(伐木)으로 황폐해진 민둥산에 나무를 심으러 갔다. 최근에 학자들 사이에선 나무뿌리가 활착을 하기엔 4월보다 3월이 적기라며 식목일을 3월로 옮겨야 한다는 주장이 제기되고 있다. 산림청에선 4월이나 3월이나 관계없다고 한다. 하여튼 뿌리는 튼튼하게 세울 일이다.

춘정(春情)

봄바람 등살에
못내 해우(解憂)한 초목

수피(樹皮)마다 봄물이 올라
이내 수태(受胎)하고 말
춘정,
어쩔 줄 몰라
어쩔 줄 몰라
어느새 저렇게 목련이 진걸.

________ 4월은 초록이다. 푸르디푸른 6월이나 7월의 그 무르익은 초록이 아니라, 초록을 꿈꾸는 미완의 초록이다. 지금 난 바람난 고양이처럼 좌불안석이다.

섬

섬마다 동백이 핀다기에
빠알간 그리움을 보러갔다가
온몸에 시퍼런
바닷물만 물들어 와선
섬 동백은
모두가 바다에 잠겨
눈을 씻고 보아도
찾을 수 없다며
푸른물 뚝뚝 듣는
섬모양 웃었다.

_________ 과거, 섬은 우리에게 도피와 고립을 의미했다. 유배는 대개 섬으로 보내졌고, 범법자들은 섬으로 도피했다. 오늘, 우리는 섬에 가고 싶어한다. 이제 섬은 더 이상 도피처도 아니며 고립되어 있지도 않기 때문이다. 그곳에는 바다가 있고, 파도가 있고, 이생진 시인의 시처럼 만년필 가득 바닷물을 담는 그리움이 있기 때문이다. "그 섬에 가고 싶다"고 말한 것은 장 그르니에가 아니라 이드(id)였다. 내가 그를 알기 전에도 나는 그 섬에 가고 싶었다.

선운사에서

선운사 동백이 하도 붉대서
칠월도 늦은 여름
비 소소(蕭蕭) 내리고
산문 지나 오 리 길을 올라갔더니
염불도 독경도 없는
불이(不二)의 경계
대웅전 부처는
미소만 짓고
스님은 한 계절을 선(禪)만 닦는가.
하안거(夏安居) 간 선사 따라
동백도 그곳 간 줄
잠시 잊었네.

__________ 7월도 끝날 무렵 아무런 생각없이 선운사 동백을 볼 것이라고 찾아갔다. 이제야 그 붉은 단심, 그 절대 풍광을 보는구나 찾아갔다. 그런데 구름도 선을 닦는다는 선운사 대웅전, 그 뒷산 비탈을 가득 채운 동백은 시퍼런 잎사귀만 무성했다. 선운사 동백은 늘 붉은 줄로만 알았다. 어느 때, 하시라도 찾아가면 그곳에서 그 붉은 마음을 보여줄 줄 알았다. 아, 하지만 가끔은 하늘도 길을 잃어 저처럼 무참한데, 그까짓 착각이야 일상인 것을.

매미

옷을 벗기 위해
달마보다 오래 수도했다.
스무날도 못 되는 이승
맴~
절정으로 울다
여름 보리수 아래
부처가 된다.

불암산(佛巖山)

불암은 원래 바위가 아니었고
누군가 부처바위라 해서
불암이 되었는데
오늘 그 정수리에 서니
그렇게 부른 선인(先人) 마음 알겠네.

옥수수

"이 ㅅ 몸
들어 내고
웃는다."
황순원 선생님
옥수수!

_________ 단편소설 「소나기」로 우리에게 더욱 잘 알려진 황순원 선생은 초기에 시를 썼다. 9자에 불과한 이 「옥수수」라는 제목의 시는 아마 선생의 첫 시집이면서 마지막 시집이기도 한 『골동품(骨董品)』이라는 시집에 나온다. 시집은 동물초(動物抄) 7편, 식물초(植物抄) 8편, 정물초(靜物抄) 7편 등 총 22편으로 되어 있는데 모두 세로쓰기를 했다. 220부 한정판으로 삼문사(三文社)에서 발행됐다. 가격은 90전이고 판매는 한성도서주식회사에서 맡았다. 발행연도는 소화(昭和) 11년이라고 되어 있다. 연도를 따져보니 일제강점기인 1936년이다. 물론 이 시집은 지금 서점에서 찾을 수 없다. 오래된 이 책을 학교 다닐 때 학과 사무실에서 발견하고 제본을 한 권 해놓았는데, 지금 다시 봐도 재미난 상상력이다.

옥수수의 수확기는 8월 말부터 9월 중순까지다. 삶아서 먹어도 맛있지만 구워 먹으면 고소한 맛이 훨씬 더한 것이 일품이다. 예전엔 연탄 화덕에다 많이 구워 먹었는데, 요즘은 마땅한 방법을 찾기가 힘들다.

노안(老眼)

멀리 보고
넓게 보라고
하느님께서
선물을 주셨다.

폭포

백발 삼천 장.
흰 수염 길게 드리운 것 같다.
홍안의 신선이
솔잎을 씻는지
온통 물이 파랗다.

탈속(脫俗)

육지에도 섬이 있다면
하늘도 세 평
꽃밭도 세 평
영동선 한 끝자락
태백 못 미처 승부역.
그곳에서
세 평 욕심만 가지고
하루 두 번 서는
통일호를 기다리다 보면
성불은 못 해도
해탈쯤은 하지 않을까.

_________ 지구의 온도가 자꾸 올라간다. 이러다 여름만 계속되는 건 아닐까. 남북극의 빙산이 녹으면 해수면이 60미터인가 올라간다는데…. 겨울을 지난 게 언제라고 벌써부터 겨울이 그리워진다. 그러나 아직 멀었다. 복(伏) 세 날은 지금부터 시작이고, 서(暑) 두 날도 이제 겨우 작은 서(暑)만 지났을 뿐, 더위가 물러간다는 처서(處暑)는 아직 까마득하다. 아, 잠시 속세(俗世)를 벗어나 산소리며, 물소리, 솔바람 소리를 듣고 싶다.

일출(日出)

밤
바다의 끝은 직선이었다.
그곳에선 파도마저 직선이 되었고
낙산 아스라한 절벽 끝에서
난 그것을 보았다.

단지 고요한 하나의 선
직선 뒤에 무엇이 있는지
전혀 알 수가 없었다.
그것은 마치 앙다문 신의 무언(無言)과도 같았다.

새벽 부상(扶桑),
해가 떠오르는 그곳에서
부챗살 같은 비늘들이 제각기 번득였다.
그리고 직선의 한 곳이 무너지면서
새하얀 한지 위로
습관처럼 선혈이 떨어졌다.

정선(旌善)에서

마침내
두 물이 어우러져
한 물로
재생(再生)하는가.

사리(舍利)를 묻으며,
분골(焚骨)을 깨우는 초탈,
재(灰)를 뿌리다
아우라지 정선에
죽으러 갔다.

그예 화암팔경
눈 빛만 지고
관조한 몰운대(沒雲臺)
구름이 진다.

초추풍광(初秋風光)

가을 하늘 끝이 너무 파래서
빈들 허수아비 외다리로
갸우뚱 고개를 꼬고
조막만 한 참새는 나락 쪼던 부리로
동화(童話)같이 따뜻한 순수
초가을 햇볕을 분주히 쪼아댄다.
그때 가벼운 깃털 위로 한가로이 내려앉는
새파란 하늘
겨드랑이 사이로 비늘처럼 번득이는 바람이 들어
첫서리에 앞산 키 작은 상수리나무
이내 노랗게 단풍이 드는걸.

_________ 추분(秋分)이 지나고 나니 안 그래도 스산한 마음이 길어진 어둠의 무게만큼 두꺼워진다. 이제 곧 일을 마치기도 전에 창밖이 어두워지고, 가로등 아래 떨어진 플라타너스의 넓은 잎은 그 부피만큼의 바람 소리로 서걱거리며 흩날릴 것이다. 가을, 가을은 늘 그렇게 와서 서러운 그리움을 남겨놓는다.

단풍

초추(初秋)의 양광(陽光)이
조을린 담벼락 위로 부서졌다.
화들짝 놀란 수목이
초야의 신부처럼 부끄러
빨간 홍조를 띠고
가을 속으로 숨었다.

_________ "능금 한 알이 떨어졌다. 지구는 부서질 정도로 그렇게 아팠다" 능금 한 알만 떨어져도 지구는 이렇게 아프다. 태풍 '사오마이'로 수천, 수만의 능금과 배와 벼가 떨어지고 쓰러졌다. 이젠, 온 우주가 아프다. 그리하여 전기세가 오르고, 기름 값이 오르고, 지하철 요금과 의료보험료가 오르고, 세금이 늘어나도 민초들은 악다문 입술로 또 그렇게 살아갈 것이다. 광합성을 멈춘 잎사귀들이 한겨울을 나기 위해 제 몸을 스스로 노랗게, 빨갛게 혹은 주황으로 물들이다 끝내는 나무와 결별을 해도, 거름으로 다시 사는 것처럼 아플수록 그것을 이겨내는 힘도 커진다. 몰운대에 갔더니 늙은 노송 하나가 바위틈에서도 뿌리를 내리고, 천년을 살더이다.

홍시

새색시
연지 바른 두 볼
설레는 부끄럼이
저처럼 붉을까.

이도령 입 맞추던
일각 같던 지난밤
춘향이 입술이
저처럼 애탈까.

풍경화로 걸린
가을 한 폭.

__________ 지난 일요일과 월요일에는 참 많은 곳을 다녔다. 성남, 청주, 천안, 온양…. 차도 없이 이 먼 곳들을 버스를 타고 다녀왔다. 하나도 지루하거나 피곤하지 않았다. 들판에는 누런 벼들이 고개를 떨구거나, 혹은 이미 추수를 끝낸 허허로움으로, 또 혹은 지난 태풍에 쓰러져 혼자 서지 못하고 노끈으로 세워져 한 묶음으로 서 있었다. 논둑 어귀와 산 끝자락에, 또 혹은 밭 한가운데 서 있는 감나무들을 본다. 이제 막 감이 익기 시작했다. 한로(寒露)를 지나 상강(霜降) 찬 서리가 내리면 청시(青柿)들은 붉은 기운이 돌고, 끝내는 새색시 볼보다 춘향이 입술보다 붉은 홍조를 띨 것이다.

그리하여… 조청보다 단 말랑말랑한 홍시가 된다. 거기에 인절미며, 백설기며, 가래떡을 찍어 먹어본 적이 있는지, 아니면 장독대 위에서 한밤을 새워 찬바람을 맞아 샤베트처럼 언 홍시를 윗니로 조금씩 갉아, 녹여 먹는 즐거움을 경험해본 적이 있는지! 가을이 되면 사람은 조금은 외로워지고, 옛날의 기억이 그리운 모양이다. 가을날의 동화(秋天的 童話)를 다시 한 번 볼까 한다.

창공(蒼空)

소리라도 지르면
쨍 – 하고 갈라져
이내 혼절(昏絶)하고 말
푸른 잉크 같은
그리움 너머로
하느님 사시는 곳도
보일듯한
관음증(觀淫症)을 앓다.

_________"연탄재마저 함부로 발로 차지 마라. 너는 누구에게 한번이라도 뜨거운 사람이었느냐." 시인 안도현은 연탄재도 함부로 차지 말라고 노래했는데, 일상은 너무 쉽게 사람들에게 상처를 주고 가슴을 아프게 한다. 겨울의 초입 11월, 연탄재만큼만이라도 따뜻한 마음으로 주위를 둘러볼 수 있다면 좋겠다.

저렇게 하늘이 하느님 사시는 곳도 보일 듯 시리게 투명하니, 하느님도 함부로 우리의 기대를 저버릴 수는 없을 것이고…. 스무이틀 소설(小雪)에 소설(小說) 같은 흰 눈이 내리고, 푸른 잉크로 쓰던 편지의 기억에 혼절이라도 하면 당신은 순수한 영혼을 지니고 있는 사람이다.

패러독스

과일과 꿀을 먹고 산다는
괌 과일박쥐.
1968년 한 레스토랑에서
마지막 한 마리가 요리됐다.

맛있는 것은 천형(天刑)이다.

__________ 2천 년도 더 전에 장자는 "저 큰 나무가 생명을 다할 수 있었던 것은 굽어 목수가 재목으로 쓸 수 없었기 때문이다"고 말했다. 우리 속담에도 "굽은 나무가 선산을 지킨다"는 말이 있다. 괌 과일박쥐는 그 뛰어난 맛 때문에 마지막 한 마리까지 희생됐다. 멋진 뿔을 가진 북미대륙 배드랜드 큰뿔산양, 아름다운 핑크빛 곡선미를 자랑하던 방글라데시 분홍머리오리도 빼어난 미모 때문에 이제는 동물도감에서만 찾을 수 있게 됐다. 우리의 '따오기' 또한 오래전에 그 종적을 감추었다.

변명(辨明)

삼국사기 김유신조에 이런 이야기가 있다.

유신이 술에 취해 집으로 돌아가는데
그의 애마(愛馬)가 애기(愛妓)의 집 앞에서 걸음을 멈추었다.
놀란 유신이
"내 다시 이곳을 찾지 않는다 다짐했거늘"
부끄러워하며
애마의 목을 쳤다.
이후 유신은 학업과 병법에 매진하여
삼국통일의 위업을 이루었다.

술을 끊지 애꿎은 말의 목을 왜 치는가.
세상에는 이런 일들이 참으로 흔하다.

_________ 원래 변명은 '사리를 가려내어 똑똑히 밝힌다'는 뜻이다. 요즘은 이 말이 핑계를 댄다는 뜻으로 와전돼 좋지 못한 의미로 사용되고 있다. 유신은 몇 가지 점에서 잘못을 저지르고 있다. 첫째는 음주운마(飮酒運馬)로 도로교통법 위반을 들 수 있으며, 둘째로 축첩(蓄妾)을 해 가정의 행복을 위태롭게 했고, 셋째로 애마를 죽임으로써 말 못 하는 동물을 학대했다는 점이다. 삼국통일의 위업이 이 모든 잘못을 감싸주고 있지만 말이다.

어린애들의 말은

어린애들의 말은
좀처럼 알아듣지 못하겠다.
수많은 작은 종(鐘)
소리가 공중에 부서지는 것 같기도 하고
귓속에 새소리가
재잘대는 것 같기도 하고
수면에 던진 자갈이
파문을 내는 소리 같기도 하여
어린애들의 말은
좀처럼 알아듣지 못하겠다.

귀를 조용히 기울이고
어린애 마음이 되지 않으면.

________ 예전에 「TV문학관」이라는 프로그램이 있었다. 그때 '완장'이라는 드라마를 보았는데, 이 완장이 발휘하는 힘이란 게 대단했던 기억이 난다. 그런데 요즘 세상 돌아가는 것도 '완장'과 별반 다르지 않은 것을 느낀다. 벌써 여름의 초입, 반팔 티셔츠가 거리를 드문드문 수놓고, 파랗게 물든 산들은 그 서늘함으로 계절을 닮아가는데, 가슴에서 나는 천불이 속병을 도지게 한다. 언제쯤이면 어린애들처럼 말간 마음으로 세상이 깨끗해질 수 있을까? 5월만은 순수로 돌아갔으면 한다.

극기(克己)

나무들이 오슬오슬 떨면서도
하늘을 향해 저렇게
두 팔을 벌리고 있는 것은
이내 새파란 싹을 틔울 봄 햇살을
온몸으로 받기 위한 것이다.
나무는 아는 것이다.
한 줄 한 줄 쌓인 저 나이테의 상처로
자신이 이만큼 자라왔음을
그래서 나무는
저처럼 의연할 수 있는 것이다.

_________ 나무는 내게 아무것도 원하지 않는다. 제 잎을 떨궈 스스로 겨울을 나고 나이테를 만들고, 잎을 틔우고 그렇게 혼자 푸르다.

옥화라든가 이름도 확실치 않은 난(蘭) 한 분(盆)이 베란다에 놓여 있다. 나에게 가당치도 않은 난이다. 난을 가지게 된 것은 난을 좋아해서도 아니고, 난향(蘭香)에 심취해서는 더욱 아니다. 우연찮게 난 한 분이 내 손에 툭 던져졌을 뿐이다. 그런데 무지(無知)가 난을 죽일 수 있다는 것을 최근 깨달았다. 처음 반짝이는 모습으로 잎을 늘이며 고고한 자태를 뽐내던 난이 얼마 지나지 않아 노랗게 변해가더니 한 잎 두 잎 사그라지기 시작했다. 햇볕에 내다놓기도 하고, 물을 듬뿍 주기도 했지만 영 살아날 기미가 보이지 않더니 지금은 제비 부리만 한 새싹만 겨우 남겨놓았다. 처음 난이 생겼을 때는 내심 난에 대한 책도 사보며, 집 안 가득히 은은한 난향도 들여놓으리라, 다짐했건만. 그게 바쁘다는 핑계로 생각같이 쉽게 되지 않았다. 햇볕에 얼마만큼 내다놔야 하는지, 물은 어떻게 주어야 하는지, 온도는 어느 정도로 맞추어야 하는지 정말 아무것도 알지 못했다. 급기야 며칠 전에는 영양제를 난분에 꽂아놓는 긴급처방까지 했지만 죽어가는 난이 되살아날지는 모르겠다.

자운봉에서 백운대를 보다

고귀한 구름이 내려와
자운(紫雲)이라 불렀다.

만장봉, 선인봉, 신선대 남면(南面)하여
봉(峰)이 되었으나

아스라한 백운대 흰 구름은
번잡(煩雜)도 없고, 구애(拘礙)도 없네.

__________ 30대에 오른 도봉산을 50대가 되어 다시 오르니 금득사(金得寺) 부처는 광륜사(光輪寺) 부처로 바뀌어 계셨고, 트럼펫을 불던 아저씨도 이제 나이가 들어 은퇴하셨는지 보이지 않았다. 예전 자운봉을 오르던 등산로는 폐쇄되어, 다른 등산로를 따라 석굴암을 거쳐 포대능선에 올랐다. 이제 그곳에는 한 사발에 2천 원 하던 막걸리도, 한 컵에 2천 원 하던 컵라면도 보이지 않았다.

2016년 1월 16일, 쉰 해를 넘게 살면서 처음으로 혼자 등산이라는 것을 해보았다. 난분분 난분분 소소히 눈이 내리고 있었다. 눈은 지상에 내리자마자 이내 땅과 하나가 되더니 그 내림의 시간을 더하면서 조금씩 쌓여갔다. 많은 사람들이 산을 오르고 있었고, 스무 해도 더 지났지만 도봉산을 기대고 사는 사람들은 마치 시간이 정지된 듯 그대로 있었다.

동지(冬至)

동지는 밤이
가장 긴 날입니다.
아닙니다.
동지는 낮이
가장 짧은 날이지요.

다투지 마세요.
둘 다 맞아요.
동지는
밤이 가장 길면서
낮이 가장 짧은
날입니다.

버려야 할 것은
경계를 지어
나누려 하는
흔들림,
당신의 마음입니다.

동지는

낮과 밤이

합쳐져 만든

그냥

하루입니다.

씨앗과 나무와 숲

바람이 불자
작은 씨앗 하나가
떨어졌다.
씨앗이 떨어진 곳엔
먼저 떨어진 수천 개의
씨앗들이 흩어져 있었다.
많은 씨앗들 중
어떤 씨앗은 썩고
어떤 씨앗은 바람에 날려가고
어떤 씨앗은 빗물에 씻겨갔다.
끝까지 남아
자리를 지킨 씨앗은
뿌리를 내리고
싹을 틔워서
한 그루의 나무가 되었다.
나무는 자라서 열매를 맺고
열매는 익어서
다시 씨앗이 되었다.
어느 가을날 바람이 불고

씨앗이 떨어졌다.
씨앗은 겨울을 견뎌
나무가 되었고
나무들은 자라
숲이 되었다.

나무들이 자라
숲이 된 숲속에서
나무를 올려다보았다.
나무는 수많은
씨앗을 매달고 있었다.
어둡고 조용한 밤
바람이 불어
씨앗들이 떨어지면
어떤 씨앗은 썩고
어떤 씨앗은 바람에 날려가고
어떤 씨앗은 빗물에 씻겨갈 것이다.
끝까지 남아
자리를 지킨 씨앗은

뿌리를 내리고
싹을 틔워서
다시 한 그루 나무가 될 것이다.
한 그루의 나무 속에
거대한 숲이 들어 있었다.
한 그루의 나무 속에
신비롭고 아득한
우주가 가득 차 있었다.
바람에 떨어져 내리는
작은 씨앗 속에서
나는 그것을 보았다.

__________ 어느 날, 인디언 추장들의 연설문을 한 데 모아 엮은 『나는 왜 너가 아니고 나인가』라는 책을 읽고 있는데, 문장 하나가 벼락같이 다가와 내 머리를 후려쳤다. 인디언 모호크 족의 '영원한 천둥'이 한 그루 나무 밑에서 깨달은 경험담이었다.

"어린아이였을 때 나는 한 나무 밑으로 걸어갔다. 그때 나무 아래로 씨앗 하나가 공중제비를 돌며 내 발 밑으로 떨어졌다. 그곳엔 앞서 떨어진 수많은 씨앗들이 있었다. 씨앗이 그토록 많은 것에 놀라지 않을 수 없었다. 그 씨앗들 하나하나에서 한 그루 나무가 자랄 수 있다는 사실에 내 가슴은 경이로움으로 가득 찼다. 나는 고개를 들어 씨앗이 떨어진 나무를 올려다보았다. 그곳에도 수천 개의 씨앗이 매달려 있었다. 내가 생명의 경이로움을 느낀 것은 바로 그 나무 아래서였다. 그 나무 한 그루 속에 거대한 숲이 있다는 것을 나는 깨달았다."

씨앗이 나무가 되고 나무가 숲이 되는 인(因)과 연(緣)의 순환, 그러고 보니 붓다도 한 그루 나무 아래서 깨달음을 얻었다. 간화선(看話禪)의 화두(話頭)로 벼락같이 다가온 한 문장, "한 그루 나무 속에 거대한 숲이 들어 있었다." 나는 그것을 한 편의 시(詩)로 기억하고자 했다.

3

日常
일상

사랑 속에 있었지만

사랑을 알지 못했고

인연이 사랑임을 알지 못했다.

알고 보니 모든 것이 일상이었고,

무욕도 일상이었다.

1월의 일요일에 내리는 새벽비의 느낌

현관문을 열고
2층 계단에 던져져 있을
조간(朝刊)을 가지러 간다.

슬로우모션으로 빗금을 긋듯
가랑비가 내리고 있었고
그 체감온도에 '눈 또는 비'라는 오늘의 날씨에 대한
어제의 일기예보를 생각한다.

비닐봉지 속에는
어제의 소문을
좀 더 견고한 모습으로
간직한 조간이
용수철처럼
온몸을 구부리고 있다.

출발선의 단거리주자처럼
그것을 가지고 들어오면서 난 아마
활짝 열려진 창문으로

나뭇가지 끝에서 빗물을 터는
여름새의 깃털을 바라보고 있었다.
그것은 마치
고속카메라의 순간포착 같은 환상적이고도
세밀한 기억이었는데

그날은 마침
비가 내리고 있었고
한가한 일요일의
여름이었다.

아침

말갛게 머리를 감고
따뜻한 커피 한 잔을
조심스럽게 후후 불다
곡선으로 오르는
수증기 너머로
아직도 잉크향 진한
조간을 본다.

그 위로
어제의 일상과
오늘을 예고하는
불면(不眠)한 활자가
물고기처럼 펄떡이며
하루의 채비를 서둔다.

창틈을 파고든
빗살무늬 같은 햇살
아침이 오고 있었다.

________ 통속한 갈등과 화해로 끝나는 드라마를 보다 눈물 한 방울이 얼굴을 타고 흘렀다. 처음엔 그것이 무엇인지 몰랐는데, 자꾸 코가 막히고 눈시울이 아릿해 눈물인 것을 알았다. 아내가 볼까 부끄러워 안경을 닦는 척하면서 얼른 얼굴을 부비고 냉수 한 잔을 마셨다. 감동은 특별한 그 무엇이 아니라 통속한 일상에서 온다. 늦게 잠든 밤, 담백하고 익숙한 아침을 준비한다.

가을의 시작, 혹은 갈색 커피의 온기

자동판매기에
100원짜리 동전 두 개를 넣고
'카페오레'라 쓰인 버튼을 누르면
다크브라운 혹은 블랙의 커피원액에
밀크와 설탕이 혼합된
적당한 갈색의 액체가
일회용 컵에
반쯤 차서
손바닥만큼의 온기를
가슴에 밀어넣듯
전하고
문득
가을이 시작됐음을
똑 고만큼의 온기와
수직으로 상승해
안경알을 흐리는
수증기의 속도로 느끼지.

그때 이미

여름은 수취인 불명
우표만큼의 크기로 잘려
일회용 컵 속으로
빨려 들어가고

반환구를 통해
50원짜리 동전이
떨어지는 것처럼

가을의 시작, 혹은 갈색 커피의 온기.

__________ 눈을 뜨면 아직도 희뿌연 여명이 안개처럼 깔려 있다. 한 페이지가 접혀진 책과 커피잔과 재털이, 담배, 라이터, 스포츠신문 이런 것들이 머리맡에 널려 있었고, 아파트 옆 과수원에서 새들의 지저귐이 들려오는 그런 새벽이었다. 희

미한 밝음 속에서는 으레 분별력을 잃기 쉬운 것인지 잠시 정신을 놓고 있었는데, 간밤의 부자연스러웠던 꿈속인 것 같기도 했고, 다른 세계에 갑자기 떠밀려온 것 같기도 했다. 시간이 시나브로 지나고 희뿌연 사물들이 제각각의 모습을 뚜렷하게 드러내면, 그제야 정신이 맑아지고 새로운 기대로 베란다의 창문을 활짝 연다. 그때, 그 빛, 부챗살 같은 햇살은 한 뼘만큼이나 기울어져 길고 부드러운 그림자를 만들어내고, 새벽하늘은 너무 파래서 짜면 파란 물이 뚝-뚝- 떨어질 것 같았다. 이슬을 머금은 나뭇잎사귀가 아침햇살을 반사하며 투명하게 빛난다. 세상의 모든 새벽이 열리는 소리가 그 빛을 통해 들려온다. 서둘러야 할 아침이지만 아직은 조금의 여유가 있다. 한 잔의 커피를 마시기에 적당한 그만큼의 길이이다. 오늘은 꼭 그래야 될 것 같다. 두 컵의 물을 주전자에 붓고 가스레인지에 올려놓는다. 물이 끓는 동안 투박하지만 왠지 정이 가는 사기컵에다 두 스푼의 커피와 한 스푼의 프림과 반 스푼의 설탕을 넣는다. 주전자에서 물이 끓는 소리가 투명한 의성어로 '뽀그락 뽀그락' 들린다. 그 소리는 마치 냇가에서 자갈을 밟는 소리 같다. 커피를 타기에 적당한 온도로 물을 식힌 후 컵에다 물을 따르면 커피와 프림과 설탕이 한 몸으로 녹으면서 적당한 갈색의 커피가 만들어진다. 그 온기, 사기컵을 통해 전해지는 따스함이 감싸 쥔 두 손에서 몸 전체로 퍼진다. 가을, 문득 그 온기로 새로운 계절이 시작된 것이다. 갈색 커피의 온기 혹은 가을의 시작.

눈에 대한 기억

크레용의 흰색보다
더욱 하얀 눈이 내렸다.

앞산 소나무가지라든가
상수리나무, 떡갈나무, 오리나무
뒤란의 앙상한 모과나무와
이제는 엄지만큼 굵어져 제법
기개가 있어 보이는 오죽(烏竹)의
시퍼런 잎사귀 위에

그것은 마치 깃털처럼 가벼워
상공을 선회하는 행글라이더마냥
선명한 궤적을 그리고 있었고
찻주전자에서 살그머니
물이 끓는 듯한 소리를 내고 있었는데

늦은 봄비에 벚꽃이 떨어지는 것 같기도 했고
새로 산 녹음기에서
테이프를 되감는 소리 같기도 했다.

그날은 크레용의 흰색보다
더욱 하얀 눈이
종일 내리고 있었고
창문을 열어도 오히려 따뜻한 오후였다.

비가 있는 마을

맑게 투명한 하늘이었고
마을엔 비가 내리고 있었다.

그것은 마치 동트기 전의 밝음 같은
그런 투명이었고
물뿌리개로 물을 뿌리는 것 같은 비였다.

조용히 눕는 갈대의 모양으로
바람이 불고 있는 것을 알 수 있었다.
바람은
소리만 '쑥' 뽑혀져 나간
그런 바람이었고
뱀처럼 누운 폭 좁은 강에선
강물 흐르는 소리가
갈대들 사이를 헤집고 나와
들리는 듯했다.
가만히 귀를 기울여야만
들을 수 있는 소리였다.

비가 있는 마을
마음으로 그리는 풍경화 속에서
지금도 마을엔 오래된 비가
수채화로 내리고 있다.

겨울 인상(印象)

구원한 빙하기의 전설, 거대한 매머드의 위장에서 발견된 소화되지 않은 음식물에서 우리들의 겨울, 툰드라의 빙하기는 영원히 살아 있었다.

기상도를 유전하던 겨울이 지상으로 내려왔다.
꿈결에선가 그 소리를 듣고 난
초라한 지전(紙錢) 몇 장과
절망한 몇 줄의 기억을 간직한 채
겨울을 떠나고 있었다.

가난한 나무들은 밤새워 서늘한 울음을 울었다.
한 움큼씩 긁어낸 상처에선 해묵은 습관이
핏물처럼 배어나오고
불면의 밤은 늘 빛보다 빨리 겨울을 흡수하여
아득한 계절의 중량
봄은 저승처럼 멀기만 한데
어제의 용서를 구하지 못한 가슴은
자꾸만 자꾸만 무너져 내렸다.

낡은 외투의 틈을 헤집고 한기가 몸살처럼 스며든다.
가난한 이웃의 밤은 청상(青孀)처럼 길기만 하여
이제 어린애의 칭얼거림도 들리지 않는 새벽
번쩍이는 은화 몇 닢으로
누군가 위안을 받고 있는 것일까.

유전병으로 물려받은 아버지의 기침은
좀처럼 그치질 않고
무언가 애타게
애타게 찾고 있었다.

맨발의 청춘

만취한 밤에도
새벽이면
시계보다 먼저 일어난다.

끈적이는 욕망은
하루의 설렘,
찬물로 취기를 헹구고

오른손잡이인 내가
왼손잡이가 되는 거울 속에서
씽긋 웃는다.

다시 세 번 거울을 보고
머리에 무스를 바른다.

만만한 하루
거리엔
원색의 생기
맨살마다 드러나는 유혹으로

여름 수목마다

물이 오른다.

축제(祝祭)

세상의 모든
빛이란 빛이 모인 것 같았고
부챗살처럼 환하게 펼쳐진 햇살이었다.
마을은 우편엽서같이 아름다웠는데
하늘 닮은 바람이 종일을 불어
진한 잉크냄새가 파랗게 배어나왔다.
그날 축제가 열렸다.
마을은 강아지처럼 설레서
연인을 기다리듯 들떠 있었다.

성북역 비둘기

성북역에 가면
사람보다 많은 비둘기가 산다.
맑고 투명한 날이면 비둘기들은
성북역 광장에 내려와
사람 사이를 분주하게 서성거리다
사람들이 던져주는 과자를 주워 먹고
콘크리트 바닥에 짧은 부리를 닦는다.

성북역 비둘기들은 비가 내려도
성북역 주위를 떠나지 않는다.
역사(驛舍) 오래된 슬라브 지붕 끝에 일렬로 앉아
젖은 부리를 날개 속에 묻고
가끔은 온몸을 흔들어 빗물을 털다가
우산 속에 가려진 사람들,
분주한 일상의 젖은 다리를
숙달된 눈빛으로 내려다본다.

성북역 광장의 비둘기들은
사람보다 더
세상을 사는 데 익숙하다.

도봉산 가는 길

도봉산 가는 길엔
감자전과 동동주가 있다.
내려오는 길에 한 잔 하마고
오르는 길엔 그냥
입맛만 다신다.

금득사(錦得寺) 부처는 늘
금빛으로 빛난다.
절 두 번 하고 소원을 비는 건
습관인데, 목탁소리 청아한 게
아침 샘물 같다.
점 보는 할아버지
담벼락에 기대고
드문드문 존다.
마음만 바쁘고 실리가 없다는
오늘 일진은
어제와 같다.

트럼펫 부는 아저씨는

엘란트라를 몬다.
늘 같은 자리서
트로트만 부는데
저 직업도 괜찮다 싶다.

막걸리 한 사발에 2천 원
컵라면 하나에 또 2천 원
즉석커피 한 잔에 천 원
포대능선에 가면
십 년을 한자리서
컵라면 파는 아저씨가 있다.
비싸다고 하면 10분은 설교를 듣는다.

도봉산 가는 길엔
도봉산은 없고
도봉산 기대고 사는 사람들만 있다.

스카이블루의 와이셔츠

빨래를 하다가
표백제인지 알면서도
무심코 '유한락스' 얼마를
눈대중도 하지 않고
세탁기에 부었다.

빨래를 널 때까지
아무것도 모르고 있었는데
산 지 얼마 안 된
아끼던 스카이블루의 와이셔츠가
군데군데 탈색돼
얼룩이 진 것을
다림질을 하다가 알았을 땐
얼마나 속이 상하던지
다 다려놓고도 한참을
와이셔츠를 바라다보았다.

'이런! 바보 같으니라구'

밤새

이것을 어떻게 하나 고민을 하다
플라스틱 대야에 한 컵의 '유한락스'를 붓고
차라리 완전히 탈색시켜
버리면 버리는 거고
하룻밤을 담가두었더니
스카이블루의 푸르던 와이셔츠가
연한 분홍빛,
전혀 다른 색깔로 변해 있었는데

그래도 혹시나 하는 염려에
맨손으로 와이셔츠를
문질렀던 어젯밤
책을 읽으면서도 신경이 쓰여
자꾸만 대야를 들여다보았고

다른 무엇으로 변한다는 것
변하게 한다는 것보다
바꿀 수도 있다는

그래서 차라리 편하다면
그것도 좋을 거라는 생각을 했다.
며칠을 어디를 가도
푸르던 스카이블루 와이셔츠에서 나던
'유한락스' 냄새가
자꾸만 배어나왔다.

________ 지금은 허공에 매달린 아파트 음습한 곳에서 비가 오나 눈이 오나 빨래를 넌다. 예전에는 하늘이 말갛고, 바람이 서늘한 날을 골라 빨래를 하고, 철사나 나일론 줄로 만든, 마당에 길게 쳐진 빨랫줄에 물이 뚝 뚝 듣는 빨래를 널었다. 무게만큼 처진 빨랫줄은 긴 장대로 받쳐져 지붕만큼 높아지고, 그때 깨끗한 햇볕과 청량한 바람은 알맞은 온도로 내려 '빨래를 넌 풍경' 하늘과 땅 사이에 한가로운 풍경화를 그렸다. 슬로우모션으로 갓난아이의 기저귀와 와이셔츠가 바람에 펄럭인다.

인생

비디오테이프에서는
언제나 화면을 뒤로 돌릴 수 있지.
보고 싶지 않은 부분은 건너뛰어도 좋고,
다시 보고 싶으면
몇 번이고 되돌리면서
테이프가 닳아 화면이 일그러지도록
볼 수도 있어.
그러나 명심해.
비디오테이프에서 새로운 것은 없어.
언제나 정해진 대로 진행되는
같은 화면만 반복될 뿐이야.
그렇게 살고 싶어.

_________ 어렵고 힘들어도 건너뛰지 않는 삶, 그것이 인생이다.

가면(假面)

매일 매일
살아갈 만큼의 가면을
마련해 두어야겠다.

이매탈
하회탈
양반탈
처용애비
이런 탈탈거리는
탈 말고

사기(詐欺)를 치기 위한
하루에 한 꺼풀씩
벗겨서
양파처럼
흩어지는

그런
매일 매일

살아갈 만큼의 가면을

마련해 두어야겠다.

이력서(履歷書)

아버지는 농사꾼이었습니다.
가족은 8남매나 되었구요.
아흔의 할머니가 계셨습니다.
돈이 참 귀했지요.
물물교환이 그때도 있었습니다.
보릿고개는 몰랐어요.
보리밥이었지만 매끼 밥은 먹었으니까요.
지금 생각해보니 그때가 그립군요.
고등학교를 졸업하고
서울로 올라와 고만한 학교에 들어갔습니다.
군대는 일부러 힘들다는 데를 갔구요.
참 고생 많았습니다.
근근이 학교는 졸업했지요.
회사에 취직도 했습니다.
미인은 아니지만 박색(薄色)도 아닌
마음 착한 여자를 만나 결혼도 했구요.
여섯 살 된 딸애와 이제 갓 백일 지난 놈은
사내앱니다.
세 식구가 제 얼굴 하나만 보고 사는

전형적인 그런 평범한 가정이지요.
예전에는 산에도 자주 가고
친구들 만나 한 잔 대포도 했었습니다.
요즘은 몸도 예전 같지 않고, 경제적으로도
여유가 없어 휴일에는 비디오나 낮잠을
자는 게 습관이 되었습니다.
아주 전형적인 40대 샐러리맨이지요.
외국어는 승진에 필수라지만 업무에
필요도 없고, 딱히 회사에서 요구하는 것
같지도 않아 오래전에 손을 놓았습니다.
제가 못난 놈이지요.
업무만 열심히 했지 자기계발에는 도대체
무관심했으니까요.
그런데, 명태 잡으러 가랍니다.
아무리 명태잡이가 겨울이 제철이라지만
바닷바람이 좀 거칠겠어요.
그래서 먼저 사표를 냈습니다.
아무런 대안도 없었지만
그게 현명한 것 같아서요.

구차하게 살고 싶진 않았거든요.

너무 사설을 길게 늘어놓았습니다.

이력서에 대충 나와 있으니

참조하십시오.

_________ 90년대 말 'IMF'라는 뜻도 모르는 낯선 글자가 나라 전체를 뒤덮었다. 글자의 힘은 대단했다. 하루아침에 대기업이 무너지고, 작은 기업들은 이름도 없이 사라졌다. 구조조정이라는 말이 사무실 곳곳을 헤집고 다녔고, 명퇴가 회오리바람처럼 빌딩들을 휩쓸고 지나갔다. 어떤 회사에서는 부서마다 할당이 주어졌다. 남아 있는 사람들은 미안해서 울었고, 떠난 사람들은 억울해서 울었다. 평생직장이 사라지자 사람 사이의 온기(溫氣)가 사라졌다.

떡

석계역 지나 굴다리
교복 입은 학생 두엇
찹쌀떡 판다.

중학교 다니는 조카
한 달 해 만오천 원 벌었다며
고개 흔들던
찹쌀떡 판다.

어디서 받아오는 것일까.
얼마나 남을까.
하나 팔아주기보다
그것이 더 궁금해

괜히 한 번 쳐다보곤
외투 속 지갑 꺼내기 귀찮아
그냥 간다.
사실은
같이 떡 먹을 사람 없어
안 사고 그냥 간다.

생손앓이

칼에 베거나
넘어져 긁히지도 않았는데
무던히 손가락이 아프다.

욱신거리고 열이 나는 게
마치 갓 잡은 생선마냥 파닥거린다.
모든 신경이 이곳에 모여
데모를 하는지

찬물에 담그기도 하고
입으로 빨아도 보지만 좀처럼
화끈거림이 가시지 않는다.

생손도 오래돼 옹이가 되면
그때는 잊혀져 그리운 추억이 될까.

남루한 수피로 겨울나무가
해동을 하고 있다.

싸움

부부싸움을 하고 난 다음날
아침엔
늘 배가 고프다.

_________ 싸움은 서로의 문을 닫는 것이다. 사소한 일로 아내와 다툰 저녁. 아내는 저녁상도 차리지 않고 방문을 닫아걸었다. 반 푼(半分)의 자존심은 다음날까지 이어졌고, 아침까지 굶은 나는 배가 고팠다. 그 허허(虛虛)로움. 아마 아내도 마찬가지일 거다.

생활계획표

천 날을 갈 듯
마음을 다져도
이내
장식으로만 남는
부끄러운 기억.

시인

시 쓰는 사람이
돈이 많으면
시는 안 쓰고
술만 먹는다.

시 쓰는 사람
어깨 너머서
지갑 흔들며
술만 먹는다.

부재(不在)

“네가 내 옆에 없어 네 이름을 잊어버렸다”고 하자
넌 “내가 네 옆에 없다고 이름마저 잊어버렸니?”라고 했다.

________"네가 내 옆에 없어 네 이름을 잊어버렸다"가 맞는지 아니면 "내가 네 옆에 없다고 내 이름마저 잊어버렸니?"가 맞는지 한참을 생각해보니 둘 다 같은 말이다. 결국 내가 먼저든 네가 먼저든 서로 옆에 없었던 것이고, 서로의 부재가 이름을 잊어버리게 한 것이다. 일요일이었고, 아침이었다. 남한산성 가는 길을 오르다 길 주위에 핀 들꽃과 나무들을 보는데 저 꽃들과 나무들의 이름이 생각나지 않았다. 그것들은 주위에 너무나 흔해 자주 봐왔던 꽃이었고, 나무들이었다. 그런데도 오랜 이국생활에 모국어를 잊어버리듯 그 이름들이 생각나지 않았다. 단지 그 꽃과 나무들이 오랫동안 내 옆에 있지 않았고, 그래서 누구에게도 그 꽃과 나무에 대해서 이름을 알려줄 이유가 없었고, 또 그 꽃과 나무가 세상을 사는데 아무런 영향을 줄 수가 없었다는 이유로 나는 그 꽃과 나무의 이름을 잊어버렸던 것이다. 김춘수 시인은 "내가 그의 이름을 불러주었을 때 그는 나에게로 와서 꽃이 되었다"고 했다. 지금 얼마나 많은 꽃과 나무들, 들풀들, 돌멩이들, 구름들, 냇가의 물고기들, 산새들, 멧짐승들의 이름이 우리의 기억 속에서 사라지고 있을까. 얼마나 많은 꽃과 나무들, 들풀들, 돌멩이들, 구름들, 냇가의 물고기들, 산새들, 멧짐승들이 우리에게 이름 불리어지기를 원하고 있을까. 일요일 아침 남한산성 가는 길을 오르다 우리가 사는 것도 이와 같다는 생각을 했다.

그리움의 무게만큼
지구가 가벼워졌다

글 | 김무균

초판 1쇄 발행 | 2018년 4월 23일
초판 2쇄 발행 | 2018년 6월 8일

펴낸이 | 신난향
편집인 | 박영배
펴낸곳 | (주)맥스교육(맥스미디어)
출판등록 | 2011년 08월 17일(제321-2011-000157호)
주소 | 서울특별시 서초구 논현로 83 삼호물산빌딩 A동 4층
전화 | 02-589-5133(대표전화)　팩스 | 02-589-5088
홈페이지 | www.maksmedia.co.kr

기획 · 편집 | 김순선
디자인 | 유지현
영업 · 마케팅 | 이봉주
경영지원 | 장주열
인쇄 | 천일문화사

ISBN 979-11-5571-583-3 03810
정가 8,000원

* 이 도서의 국립중앙도서관 출판예정도서목록(CIP)은 서지정보유통지원시스템 홈페이지(http://seoji.nl.go.kr)와 국가자료공동목록시스템(http://www.nl.go.kr/kolisnet)에서 이용하실 수 있습니다.(CIP제어번호: CIP2018011633)